The 1998
STAR TREK®
DIARY

The 1998 STAR TREK® Diary
Designed and Edited by George Papadeas

First published in Australasia in 1997 by
Simon & Schuster Australia
20 Barcoo Street
East Roseville NSW 2069

First published in Great Britain in 1997 by
Simon & Schuster Limited
West Garden Place, Kendal Street
London W2 2AQ

Viacom International
Sydney New York London Toronto Tokyo Singapore

ISBN: 0 671 85575 1

Produced in China by Toppan Printing Co., Ltd.

Special thanks to Sara Haddad and Felicia Kowalski.

For more information on STAR TREK®, contact:

THE OFFICIAL FAN CLUB OF AUSTRALIA™

GPO Box 2067, Sydney, 2001, Australia
Telephone: (61 2) 9311 3841
Facsimile: (61 2) 9311 3607

The
1998
STAR TREK®
DIARY

POCKET
BOOKS

1998

JANUARY
M	T	W	T	F	S	S
			1	2	3	4
5	6	7	8	9	10	11
12	13	14	15	16	17	18
19	20	21	22	23	24	25
26	27	28	29	30	31	

FEBRUARY
M	T	W	T	F	S	S
						1
2	3	4	5	6	7	8
9	10	11	12	13	14	15
16	17	18	19	20	21	22
23	24	25	26	27	28	

MARCH
M	T	W	T	F	S	S
30	31					1
2	3	4	5	6	7	8
9	10	11	12	13	14	15
16	17	18	19	20	21	22
23	24	25	26	27	28	29

APRIL
M	T	W	T	F	S	S
		1	2	3	4	5
6	7	8	9	10	11	12
13	14	15	16	17	18	19
20	21	22	23	24	25	26
27	28	29	30			

MAY
M	T	W	T	F	S	S
				1	2	3
4	5	6	7	8	9	10
11	12	13	14	15	16	17
18	19	20	21	22	23	24
25	26	27	28	29	30	31

JUNE
M	T	W	T	F	S	S
1	2	3	4	5	6	7
8	9	10	11	12	13	14
15	16	17	18	19	20	21
22	23	24	25	26	27	28
29	30					

JULY
M	T	W	T	F	S	S
		1	2	3	4	5
6	7	8	9	10	11	12
13	14	15	16	17	18	19
20	21	22	23	24	25	26
27	28	29	30	31		

AUGUST
M	T	W	T	F	S	S
31					1	2
3	4	5	6	7	8	9
10	11	12	13	14	15	16
17	18	19	20	21	22	23
24	25	26	27	28	29	30

SEPTEMBER
M	T	W	T	F	S	S
	1	2	3	4	5	6
7	8	9	10	11	12	13
14	15	16	17	18	19	20
21	22	23	24	25	26	27
28	29	30				

OCTOBER
M	T	W	T	F	S	S
			1	2	3	4
5	6	7	8	9	10	11
12	13	14	15	16	17	18
19	20	21	22	23	24	25
26	27	28	29	30	31	

NOVEMBER
M	T	W	T	F	S	S
30						1
2	3	4	5	6	7	8
9	10	11	12	13	14	15
16	17	18	19	20	21	22
23	24	25	26	27	28	29

DECEMBER
M	T	W	T	F	S	S
	1	2	3	4	5	6
7	8	9	10	11	12	13
14	15	16	17	18	19	20
21	22	23	24	25	26	27
28	29	30	31			

1999

JANUARY
M	T	W	T	F	S	S
				1	2	3
4	5	6	7	8	9	10
11	12	13	14	15	16	17
18	19	20	21	22	23	24
25	26	27	28	29	30	31

FEBRUARY
M	T	W	T	F	S	S
1	2	3	4	5	6	7
8	9	10	11	12	13	14
15	16	17	18	19	20	21
22	23	24	25	26	27	28

MARCH
M	T	W	T	F	S	S
1	2	3	4	5	6	7
8	9	10	11	12	13	14
15	16	17	18	19	20	21
22	23	24	25	26	27	28
29	30	31				

APRIL
M	T	W	T	F	S	S
			1	2	3	4
5	6	7	8	9	10	11
12	13	14	15	16	17	18
19	20	21	22	23	24	25
26	27	28	29	30		

MAY
M	T	W	T	F	S	S
31					1	2
3	4	5	6	7	8	9
10	11	12	13	14	15	16
17	18	19	20	21	22	23
24	25	26	27	28	29	30

JUNE
M	T	W	T	F	S	S
	1	2	3	4	5	6
7	8	9	10	11	12	13
14	15	16	17	18	19	20
21	22	23	24	25	26	27
28	29	30				

JULY
M	T	W	T	F	S	S
			1	2	3	4
5	6	7	8	9	10	11
12	13	14	15	16	17	18
19	20	21	22	23	24	25
26	27	28	29	30	31	

AUGUST
M	T	W	T	F	S	S
30	31					1
2	3	4	5	6	7	8
9	10	11	12	13	14	15
16	17	18	19	20	21	22
23	24	25	26	27	28	29

SEPTEMBER
M	T	W	T	F	S	S
		1	2	3	4	5
6	7	8	9	10	11	12
13	14	15	16	17	18	19
20	21	22	23	24	25	26
27	28	29	30			

OCTOBER
M	T	W	T	F	S	S
				1	2	3
4	5	6	7	8	9	10
11	12	13	14	15	16	17
18	19	20	21	22	23	24
25	26	27	28	29	30	31

NOVEMBER
M	T	W	T	F	S	S
1	2	3	4	5	6	7
8	9	10	11	12	13	14
15	16	17	18	19	20	21
22	23	24	25	26	27	28
29	30					

DECEMBER
M	T	W	T	F	S	S
		1	2	3	4	5
6	7	8	9	10	11	12
13	14	15	16	17	18	19
20	21	22	23	24	25	26
27	28	29	30	31		

CREW MANIFEST

Name _____

Home Planet Address _____

_____ Coordinates _____

Crew Number _____ Fax _____

Starfleet Rank _____ Starship _____

Chief Medical Officer _____

Chief Dental Officer _____

Emergency Contact at Starfleet Command _____

Shuttlecraft Insurance Policy Number _____

Shuttlecraft Insurance Due _____

Galactic Space Service Number _____

MOST FREQUENT COORDINATES

Name | Coordinates

9311 3841
9311 3607
NCC -1701
9956 5000
1800
67-1701
190257

IMPORTANT STARDATES

Stardate | Stardate

956
500
362
243
600
311

The beginning of STAR TREK's life was a little difficult. The original pilot starring Jeffrey Hunter was a very ambitious effort and, although it was technically well-executed, the network executives of the day didn't appreciate the quality it represented. They did, however, have enough foresight to commission a second pilot (extremely rare even by today's standards). And so William Shatner as Captain Kirk came to life.

Above: In "Where No Man Has Gone Before", Kirk battles Commander Gary Mitchell (Gary Lockwood - *2001: A Space Odyssey*), who has become a "God-like" entity after passing through the energy barrier at the edge of the galaxy.

DECEMBER					1997			JANUARY					1998			FEBRUARY					1998	
M	T	W	T	F	S	S		M	T	W	T	F	S	S		M	T	W	T	F	S	S
1	2	3	4	5	6	7					1	2	3	4								1
8	9	10	11	12	13	14		5	6	7	8	9	10	11		2	3	4	5	6	7	8
15	16	17	18	19	20	21		12	13	14	15	16	17	18		9	10	11	12	13	14	15
22	23	24	25	26	27	28		19	20	21	22	23	24	25		16	17	18	19	20	21	22
29	30	31						26	27	28	29	30	31			23	24	25	26	27	28	

◀ **DECEMBER-JANUARY** ▶

MONDAY 29

TUESDAY 30

New Year's Eve

WEDNESDAY 31

New Year's Day

THURSDAY 1

Day After New Year's Day (New Zealand)

FRIDAY 2

SATURDAY 3

SUNDAY 4

STAR TREK: THE NEXT GENERATION

Twenty-one years later, almost to the very day, Gene Roddenberry brought STAR TREK back to television screens around the world. This was the birth of STAR TREK: THE NEXT GENERATION, which was to last seven highly successful and trail-blazing seasons.

Superb English Shakespearean actor, Patrick Stewart (thanks to Producer Bob Justman) was cast as the mature and charismatic Captain Jean-Luc Picard, of the *Starship Enterprise*.

DECEMBER						1997		JANUARY						1998		FEBRUARY						1998
M	T	W	T	F	S	S		M	T	W	T	F	S	S		M	T	W	T	F	S	S
1	2	3	4	5	6	7					1	2	3	4								1
8	9	10	11	12	13	14		5	6	7	8	9	10	11		2	3	4	5	6	7	8
15	16	17	18	19	20	21		12	13	14	15	16	17	18		9	10	11	12	13	14	15
22	23	24	25	26	27	28		19	20	21	22	23	24	25		16	17	18	19	20	21	22
29	30	31						26	27	28	29	30	31			23	24	25	26	27	28

 **JANUARY**

MONDAY **5**

Epiphany (Germany)

TUESDAY **6**

WEDNESDAY **7**

THURSDAY **8**

FRIDAY **9**

SATURDAY **10**

SUNDAY **11**

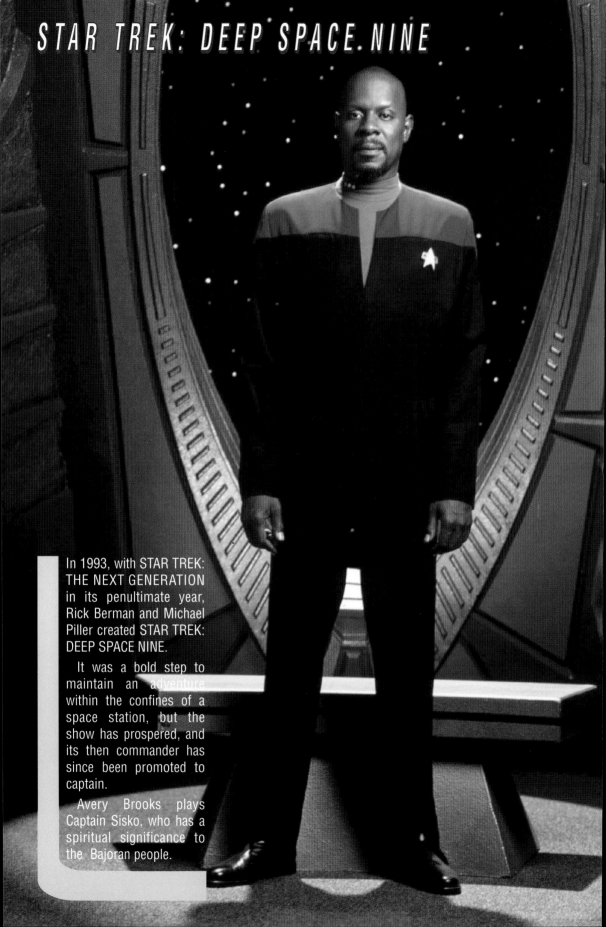

In 1993, with STAR TREK: THE NEXT GENERATION in its penultimate year, Rick Berman and Michael Piller created STAR TREK: DEEP SPACE NINE.

It was a bold step to maintain an adventure within the confines of a space station, but the show has prospered, and its then commander has since been promoted to captain.

Avery Brooks plays Captain Sisko, who has a spiritual significance to the Bajoran people.

DECEMBER						1997		JANUARY						1998		FEBRUARY						1998
M	T	W	T	F	S	S		M	T	W	T	F	S	S		M	T	W	T	F	S	S
1	2	3	4	5	6	7					1	2	3	4								1
8	9	10	11	12	13	14		5	6	7	8	9	10	11		2	3	4	5	6	7	8
15	16	17	18	19	20	21		12	13	14	15	16	17	18		9	10	11	12	13	14	15
22	23	24	25	26	27	28		19	20	21	22	23	24	25		16	17	18	19	20	21	22
29	30	31						26	27	28	29	30	31			23	24	25	26	27	28	

◖ JANUARY ▬▬▬

MONDAY **12**

TUESDAY **13**

WEDNESDAY **14**

THURSDAY **15**

FRIDAY **16**

SATURDAY **17**

SUNDAY **18**

CAPTAIN KATHRYN JANEWAY

1995 saw the birth of yet another member of the STAR TREK family. STAR TREK: VOYAGER® was created by Rick Berman, Michael Piller and Jeri Taylor.

The remarkable situation with STAR TREK: VOYAGER was that a female captain was being given the mantle of leading a starship and a new show on a fledgling network – UPN (United Paramount Network) in America.

Entering season four (already), the show has matured like a fine red wine, and Captain Janeway, and indeed Kate Mulgrew, is having fun being in command.

DECEMBER					1997			JANUARY					1998			FEBRUARY					1998	
M	T	W	T	F	S	S		M	T	W	T	F	S	S		M	T	W	T	F	S	S
1	2	3	4	5	6	7					1	2	3	4								1
8	9	10	11	12	13	14		5	6	7	8	9	10	11		2	3	4	5	6	7	8
15	16	17	18	19	20	21		12	13	14	15	16	17	18		9	10	11	12	13	14	15
22	23	24	25	26	27	28		19	20	21	22	23	24	25		16	17	18	19	20	21	22
29	30	31						26	27	28	29	30	31			23	24	25	26	27	28	

◀ JANUARY ▬▬

MONDAY 19

DeForest Kelley's Birthday (Dr Leonard "Bones" McCoy)

TUESDAY 20

WEDNESDAY 21

THURSDAY 22

FRIDAY 23

SATURDAY 24

SUNDAY 25

One of the most popular characters in all of STAR TREK lore is the enigmatic Mr Spock, played to perfection by Leonard Nimoy.

Above: The ice-cold Vulcan had some intriguing traits, including the now universally famous Vulcan salute. Interestingly enough, Leonard Nimoy himself brought this facet to the character. It is an ancient religious gesture performed by Jewish Rabbis.

Left: Spock is seen in the episode "Mirror, Mirror" using an agoniser.

DECEMBER					1997			JANUARY					1998			FEBRUARY					1998	
M	T	W	T	F	S	S		M	T	W	T	F	S	S		M	T	W	T	F	S	S
1	2	3	4	5	6	7					1	2	3	4								1
8	9	10	11	12	13	14		5	6	7	8	9	10	11		2	3	4	5	6	7	8
15	16	17	18	19	20	21		12	13	14	15	16	17	18		9	10	11	12	13	14	15
22	23	24	25	26	27	28		19	20	21	22	23	24	25		16	17	18	19	20	21	22
29	30	31						26	27	28	29	30	31			23	24	25	26	27	28	

◖ **JANUARY-FEBRUARY** ■

Australia Day (Australia)

MONDAY **26**

TUESDAY **27**

WEDNESDAY **28**

THURSDAY **29**

FRIDAY **30**

SATURDAY **31**

SUNDAY **1**

JADZIA DAX

Science officer aboard Deep Space 9 is Lieutenant Commander Dax, portrayed by Terry Farrell. Dax's character has flourished in the later seasons of STAR TREK: DEEP SPACE NINE. The past immediate host Curzon, had a Klingon component to his life and this has been perpetuated by Jadzia. She has also forged a close relationship with Lieutenant Commander Worf.

JANUARY						1998
M	T	W	T	F	S	S
			1	2	3	4
5	6	7	8	9	10	11
12	13	14	15	16	17	18
19	20	21	22	23	24	25
26	27	28	29	30	31	

FEBRUARY						1998
M	T	W	T	F	S	S
						1
2	3	4	5	6	7	8
9	10	11	12	13	14	15
16	17	18	19	20	21	22
23	24	25	26	27	28	

MARCH						1998
M	T	W	T	F	S	S
30	31					1
2	3	4	5	6	7	8
9	10	11	12	13	14	15
16	17	18	19	20	21	22
23	24	25	26	27	28	29

◀ FEBRUARY ▬

Brent Spiner's Birthday (Lieutenant Commander Data)

MONDAY 2

TUESDAY 3

WEDNESDAY 4

THURSDAY 5

Waitangi Day (New Zealand)

FRIDAY 6

SATURDAY 7

Ethan Phillips's Birthday (Neelix)

SUNDAY 8

JANUARY						1998		FEBRUARY						1998		MARCH						1998
M	T	W	T	F	S	S		M	T	W	T	F	S	S		M	T	W	T	F	S	S
			1	2	3	4								1		30	31					1
5	6	7	8	9	10	11		2	3	4	5	6	7	8		2	3	4	5	6	7	8
12	13	14	15	16	17	18		9	10	11	12	13	14	15		9	10	11	12	13	14	15
19	20	21	22	23	24	25		16	17	18	19	20	21	22		16	17	18	19	20	21	22
26	27	28	29	30	31			23	24	25	26	27	28			23	24	25	26	27	28	29

FEBRUARY

MONDAY **9**

TUESDAY **10**

WEDNESDAY **11**

THURSDAY **12**

Susan Oliver's Birthday (Vina)

FRIDAY **13**

St Valentine's Day

SATURDAY **14**

SUNDAY **15**

THE BORG QUEEN

The Borg Queen in STAR TREK®: FIRST CONTACT™ is portrayed by the skilled South African actress Alice Krige.

Her eerie playing of the part almost has the audience tempted to accept her terms of assimilation. Data, however, knows better and helps save the day.

JANUARY					1998		FEBRUARY					1998		MARCH					1998	
M	T	W	T	F	S	S	M	T	W	T	F	S	S	M	T	W	T	F	S	S
			1	2	3	4							1	30	31					1
5	6	7	8	9	10	11	2	3	4	5	6	7	8	2	3	4	5	6	7	8
12	13	14	15	16	17	18	9	10	11	12	13	14	15	9	10	11	12	13	14	15
19	20	21	22	23	24	25	16	17	18	19	20	21	22	16	17	18	19	20	21	22
26	27	28	29	30	31		23	24	25	26	27	28		23	24	25	26	27	28	29

 **FEBRUARY**

LeVar Burton's Birthday (Lieutenant Commander Geordi La Forge)

Ash Wednesday (Australia)
President's Day (USA)

MONDAY **16**

TUESDAY **17**

WEDNESDAY **18**

THURSDAY **19**

FRIDAY **20**

SATURDAY **21**

George Washington's Birthday (USA)

SUNDAY **22**

Top: In the episode "The Gamesters of Triskelion", Chekov, Uhura and Kirk find themselves in a bizarre battle game, where death can greet them at every wrong turn.

Centre Right: Chief Medical Officer Dr Leonard "Bones" McCoy and Chief Engineer Montgomery Scott await the completion of a transport.

Bottom Right: Communications Officer is Lieutenant Uhura, whose function is critical to the operation of the *Starship Enterprise*. On several occasions, and under difficult circumstances, she has assisted Captain Kirk in defusing potentially dangerous situations by keeping her hailing frequencies open.

JANUARY						1998
M	T	W	T	F	S	S
			1	2	3	4
5	6	7	8	9	10	11
12	13	14	15	16	17	18
19	20	21	22	23	24	25
26	27	28	29	30	31	

FEBRUARY						1998
M	T	W	T	F	S	S
						1
2	3	4	5	6	7	8
9	10	11	12	13	14	15
16	17	18	19	20	21	22
23	24	25	26	27	28	

MARCH						1998
M	T	W	T	F	S	S
30	31					1
2	3	4	5	6	7	8
9	10	11	12	13	14	15
16	17	18	19	20	21	22
23	24	25	26	27	28	29

◀ FEBRUARY·MARCH ▮

Majel Barrett's Birthday (Nurse Chapel, Lwaxana Troi, ship's computer voice)

MONDAY **23**

TUESDAY **24**

WEDNESDAY **25**

THURSDAY **26**

FRIDAY **27**

SATURDAY **28**

St David's Day (Wales)

SUNDAY **1**

SHOOTING THE SHOW

Nothing pleases the actors more than when location shooting is part of the schedule.

After a grueling 12- to 16 - hour normal shooting schedule on the soundstages at PARAMOUNT, it is easy to understand why "on location" filming is appealing.

Firstly, there is the travel to the often "exotic" location and, once there, the lighting set up is vastly different to the internal lighting of a soundstage scene.

Secondly, the storyline is characteristically more intriguing, and it usually calls for the crew to be in some sort of disguise. This gives relief from the tedium of wearing the usual uniform hour after hour.

Above: Chakotay (Robert Beltran) and Paris (Robert Duncan McNeill) get into the laidback mood of things in the spiritual episode "False Profits".

Right: In the episode "Basics Part II", the crew of the *Starship Voyager* are stranded on the planet Hanon IV, and are forced to defend themselves against the primitive inhabitants.

FEBRUARY						1998		MARCH						1998		APRIL						1998
M	T	W	T	F	S	S		M	T	W	T	F	S	S		M	T	W	T	F	S	S
						1		30	31					1				1	2	3	4	5
2	3	4	5	6	7	8		2	3	4	5	6	7	8		6	7	8	9	10	11	12
9	10	11	12	13	14	15		9	10	11	12	13	14	15		13	14	15	16	17	18	19
16	17	18	19	20	21	22		16	17	18	19	20	21	22		20	21	22	23	24	25	26
23	24	25	26	27	28			23	24	25	26	27	28	29		27	28	29	30			

◀ **MARCH** ▬

MONDAY 2

James Doohan's Birthday (Chief Engineer Montgomery Scott)

TUESDAY 3

WEDNESDAY 4

THURSDAY 5

FRIDAY 6

SATURDAY 7

SUNDAY 8

THE CREW OF DEEP SPACE NINE

Back Row: Lieutenant Commander Worf (Michael Dorn), Dr Julian Bashir (Alexander Siddig), Constable Odo (Rene Auberjonois).

Middle Row: Chief Miles O'Brien (Colm Meaney), Quark (Armin Shimerman), Major Kira Nerys (Nana Visitor).

Front Row: Lieutenant Commander Jadzia Dax (Terry Farrell), Captain Benjamin Sisko (Avery Brooks), Jake Sisko (Cirroc Lofton).

FEBRUARY						1998		MARCH						1998		APRIL						1998
M	T	W	T	F	S	S		M	T	W	T	F	S	S		M	T	W	T	F	S	S
						1		30	31					1				1	2	3	4	5
2	3	4	5	6	7	8		2	3	4	5	6	7	8		6	7	8	9	10	11	12
9	10	11	12	13	14	15		9	10	11	12	13	14	15		13	14	15	16	17	18	19
16	17	18	19	20	21	22		16	17	18	19	20	21	22		20	21	22	23	24	25	26
23	24	25	26	27	28			23	24	25	26	27	28	29		27	28	29	30			

◀ **MARCH** ▬

MONDAY **9**

TUESDAY **10**

WEDNESDAY **11**

THURSDAY **12**

FRIDAY **13**

SATURDAY **14**

SUNDAY **15**

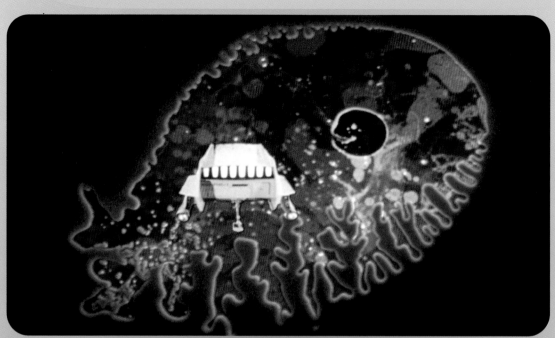

Above: In the episode "The Immunity Syndrome", the *U.S.S. Intrepid* is destroyed by an amoeba-like creature. The ship was crewed by Vulcans, and was lost because they believed only in the logic of the situation and they strayed too close to the organism.

Below: As they perished, Commander Spock aboard the *U.S.S. Enterprise*, which was in the vicinity, was able to sense the thoughts of the Vulcans as they died.

FEBRUARY						1998
M	T	W	T	F	S	S
						1
2	3	4	5	6	7	8
9	10	11	12	13	14	15
16	17	18	19	20	21	22
23	24	25	26	27	28	

MARCH						1998
M	T	W	T	F	S	S
30	31					1
2	3	4	5	6	7	8
9	10	11	12	13	14	15
16	17	18	19	20	21	22
23	24	25	26	27	28	29

APRIL						1998
M	T	W	T	F	S	S
		1	2	3	4	5
6	7	8	9	10	11	12
13	14	15	16	17	18	19
20	21	22	23	24	25	26
27	28	29	30			

◀ MARCH ▭

MONDAY **16**

St Patrick's Day (Ireland)

TUESDAY **17**

WEDNESDAY **18**

THURSDAY **19**

FRIDAY **20**

SATURDAY **21**

William Shatner's Birthday (Captain James T. Kirk)

SUNDAY **22**

One of the attractions of Quark's Bar has been the appealing dabo girl Leeta, portrayed by Chase Masterson.

Leeta's involvement has been expanded over the last couple of seasons, including the episode "The Bar Association", where Quark's employees (including Leeta) rally to form a union to protect themselves from exploitation.

Left: In the episode "Let He Who Is Without SIn...", Leeta and the crew travel for some relaxation and entertainment to Risa, the pleasure planet.

FEBRUARY						1998		MARCH						1998		APRIL						1998
M	T	W	T	F	S	S		M	T	W	T	F	S	S		M	T	W	T	F	S	S
						1		30	31					1				1	2	3	4	5
2	3	4	5	6	7	8		2	3	4	5	6	7	8		6	7	8	9	10	11	12
9	10	11	12	13	14	15		9	10	11	12	13	14	15		13	14	15	16	17	18	19
16	17	18	19	20	21	22		16	17	18	19	20	21	22		20	21	22	23	24	25	26
23	24	25	26	27	28			23	24	25	26	27	28	29		27	28	29	30			

MARCH

MONDAY **23**

TUESDAY **24**

WEDNESDAY **25**

Leonard Nimoy's Birthday (Mr Spock)

THURSDAY **26**

FRIDAY **27**

SATURDAY **28**

Marina Sirtis's Birthday (Counselor Deanna Troi)

SUNDAY **29**

Both Data and Picard have plenty of curves to deal with in STAR TREK: FIRST CONTACT. Data (*above*) has the ulterior motives of the Borg Queen to fight off, while Picard (*below*) gets into the mood of things in his "Dixon Hill" persona, as he tries a risky gambit against the Borg.

MARCH					1998		APRIL					1998		MAY					1998	
M	T	W	T	F	S	S	M	T	W	T	F	S	S	M	T	W	T	F	S	S
30	31					1			1	2	3	4	5					1	2	3
2	3	4	5	6	7	8	6	7	8	9	10	11	12	4	5	6	7	8	9	10
9	10	11	12	13	14	15	13	14	15	16	17	18	19	11	12	13	14	15	16	17
16	17	18	19	20	21	22	20	21	22	23	24	25	26	18	19	20	21	22	23	24
23	24	25	26	27	28	29	27	28	29	30				25	26	27	28	29	30	31

MARCH-APRIL

MONDAY 30

TUESDAY 31

Grace Lee Whitney's Birthday (Yeoman Janice Rand)

April Fools' Day

WEDNESDAY 1

THURSDAY 2

FRIDAY 3

SATURDAY 4

SUNDAY 5

EMERGENCY MEDICAL HOLOGRAM

Chief Medical Officer of the *U.S.S. Voyager* is, by circumstance, the Emergency Medical Hologram (*above right*). Portrayed by Robert Picardo, the character has blossomed to become a vital part of the ship's operations.

A valuable medical assistant to the "Doctor" is Kes (*above left* and *below*) whose enquiring mind provides her with a great bedside manner.

MARCH						1998		APRIL						1998		MAY						1998
M	T	W	T	F	S	S		M	T	W	T	F	S	S		M	T	W	T	F	S	S
30	31					1				1	2	3	4	5						1	2	3
2	3	4	5	6	7	8		6	7	8	9	10	11	12		4	5	6	7	8	9	10
9	10	11	12	13	14	15		13	14	15	16	17	18	19		11	12	13	14	15	16	17
16	17	18	19	20	21	22		20	21	22	23	24	25	26		18	19	20	21	22	23	24
23	24	25	26	27	28	29		27	28	29	30					25	26	27	28	29	30	31

 **APRIL**

MONDAY **6**

TUESDAY **7**

WEDNESDAY **8**

THURSDAY **9**

Good Friday

FRIDAY **10**

Easter Saturday

SATURDAY **11**

Easter Sunday

SUNDAY **12**

DR JULIAN BASHIR

MARCH						1998		APRIL						1998		MAY						1998
M	T	W	T	F	S	S		M	T	W	T	F	S	S		M	T	W	T	F	S	S
30	31					1				1	2	3	4	5						1	2	3
2	3	4	5	6	7	8		6	7	8	9	10	11	12		4	5	6	7	8	9	10
9	10	11	12	13	14	15		13	14	15	16	17	18	19		11	12	13	14	15	16	17
16	17	18	19	20	21	22		20	21	22	23	24	25	26		18	19	20	21	22	23	24
23	24	25	26	27	28	29		27	28	29	30					25	26	27	28	29	30	31

 **APRIL**

Easter Monday

MONDAY **13**

TUESDAY **14**

WEDNESDAY **15**

THURSDAY **16**

FRIDAY **17**

Avery Brooks's Birthday (Captain Benjamin Sisko)

SATURDAY **18**

SUNDAY **19**

DR LEONARD McCOY

Chief Medical Officer of the *U.S.S. Enterprise* is Dr Leonard "Bones" McCoy (*right*). A highly skilled practitioner, with an interest in the psychological aspects of deep space and interstellar travel, he provides Captain Kirk with invaluable support.

In times of duress, his presence is a stabilising influence. Difficult situations aboard the ship are often defused by the banter between Dr McCoy and the First Officer Spock (*top*), who, despite their constant bickering, are friends.

MARCH					1998		APRIL					1998		MAY					1998	
M	T	W	T	F	S	S	M	T	W	T	F	S	S	M	T	W	T	F	S	S
30	31					1			1	2	3	4	5					1	2	3
2	3	4	5	6	7	8	6	7	8	9	10	11	12	4	5	6	7	8	9	10
9	10	11	12	13	14	15	13	14	15	16	17	18	19	11	12	13	14	15	16	17
16	17	18	19	20	21	22	20	21	22	23	24	25	26	18	19	20	21	22	23	24
23	24	25	26	27	28	29	27	28	29	30				25	26	27	28	29	30	31

 APRIL

George Takei's Birthday (Lieutenant Sulu)

MONDAY 20

TUESDAY 21

WEDNESDAY 22

St George's Day

THURSDAY 23

FRIDAY 24

Anzac Day (Australia, New Zealand)

SATURDAY 25

SUNDAY 26

THE BORG ARE BACK

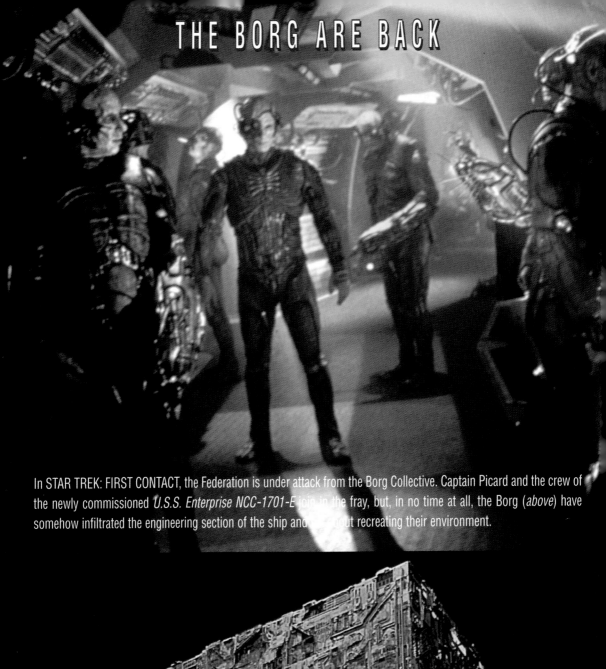

In STAR TREK: FIRST CONTACT, the Federation is under attack from the Borg Collective. Captain Picard and the crew of the newly commissioned *U.S.S. Enterprise NCC-1701-E* join in the fray, but, in no time at all, the Borg (*above*) have somehow infiltrated the engineering section of the ship and set about recreating their environment.

APRIL						1998		MAY						1998		JUNE						1998
M	T	W	T	F	S	S		M	T	W	T	F	S	S		M	T	W	T	F	S	S
	1	2	3	4	5							1	2	3		1	2	3	4	5	6	7
6	7	8	9	10	11	12		4	5	6	7	8	9	10		8	9	10	11	12	13	14
13	14	15	16	17	18	19		11	12	13	14	15	16	17		15	16	17	18	19	20	21
20	21	22	23	24	25	26		18	19	20	21	22	23	24		22	23	24	25	26	27	28
27	28	29	30					25	26	27	28	29	30	31		29	30					

MONDAY **27**

TUESDAY **28**

Kate Mulgrew's Birthday (Captain Kathryn Janeway)

WEDNESDAY **29**

THURSDAY **30**

FRIDAY **1**

SATURDAY **2**

SUNDAY **3**

Immediate Right: In "Sacred Ground", Captain Janeway undergoes a dangerous ritual that the Nechani monks endure to cleanse their souls.

Right: In the episode "Flashback", Janeway helps an hallucinating Tuvok get to the bottom of his psychosis. As a result she experiences a tour of duty that Tuvok had on board Captain Sulu's ship, the *U.S.S. Excelsior.*

Below: In the episode "Resolutions", Janeway and Chakotay quarantine themselves on a small planet which shields them from the effects of a fatal virus they have contracted.

APRIL					1998		MAY					1998		JUNE					1998	
M	T	W	T	F	S	S	M	T	W	T	F	S	S	M	T	W	T	F	S	S
		1	2	3	4	5					1	2	3	1	2	3	4	5	6	7
6	7	8	9	10	11	12	4	5	6	7	8	9	10	8	9	10	11	12	13	14
13	14	15	16	17	18	19	11	12	13	14	15	16	17	15	16	17	18	19	20	21
20	21	22	23	24	25	26	18	19	20	21	22	23	24	22	23	24	25	26	27	28
27	28	29	30				25	26	27	28	29	30	31	29	30					

 **MAY**

MONDAY **4**

TUESDAY **5**

WEDNESDAY **6**

THURSDAY **7**

FRIDAY **8**

SATURDAY **9**

Mother's Day (Germany, USA)

SUNDAY **10**

THE MANY SIDES OF WORF

Top right: In "Paradise Lost", Worf takes the centre seat in response to Captain Sisko's summons.

Below: In "Apocalypse Rising", Worf disguises himself in full Klingon regalia to infiltrate Klingon territory.

Below right: In the episode "The Ship", Worf and the crew investigate a wrecked Jem'Hadar warship. They find themselves in great peril when another Jem'Hadar ship enters orbit unexpectedly.

APRIL					1998		MAY					1998		JUNE					1998	
M	T	W	T	F	S	S	M	T	W	T	F	S	S	M	T	W	T	F	S	S
		1	2	3	4	5					1	2	3	1	2	3	4	5	6	7
6	7	8	9	10	11	12	4	5	6	7	8	9	10	8	9	10	11	12	13	14
13	14	15	16	17	18	19	11	12	13	14	15	16	17	15	16	17	18	19	20	21
20	21	22	23	24	25	26	18	19	20	21	22	23	24	22	23	24	25	26	27	28
27	28	29	30				25	26	27	28	29	30	31	29	30					

◖ **MAY** ▬

MONDAY **11**

TUESDAY **12**

WEDNESDAY **13**

THURSDAY **14**

FRIDAY **15**

SATURDAY **16**

Armed Forces Day (USA)
Mother's Day (Australia)

SUNDAY **17**

In "Return Of The Archons", Kirk, Spock, McCoy and a landing party beam down to investigate a planet that has bizarre cultural traditions — most of the citizens have been "absorbed" by Landru, the apparent ruler.

Ensign Pavel Chekov (*left*) and Lieutenant Sulu (*right*), are vital to ship's function as navigator and helmsman respectively.

Just as important is Chief Engineer Montgomery Scott (*background centre*).

APRIL					1998		MAY					1998		JUNE					1998	
M	T	W	T	F	S	S	M	T	W	T	F	S	S	M	T	W	T	F	S	S
		1	2	3	4	5					1	2	3	1	2	3	4	5	6	7
6	7	8	9	10	11	12	4	5	6	7	8	9	10	8	9	10	11	12	13	14
13	14	15	16	17	18	19	11	12	13	14	15	16	17	15	16	17	18	19	20	21
20	21	22	23	24	25	26	18	19	20	21	22	23	24	22	23	24	25	26	27	28
27	28	29	30				25	26	27	28	29	30	31	29	30					

 **MAY**

Victoria Day (Canada)

MONDAY **18**

TUESDAY **19**

WEDNESDAY **20**

THURSDAY **21**

FRIDAY **22**

SATURDAY **23**

SUNDAY **24**

THE CREW OF *U.S.S. VOYAGER*

From Left: The Doctor (Robert Picardo), Ensign Harry Kim (Garrett Wang), Lieutenant Tom Paris (Robert Duncan McNeill), Chief Engineer B'Elanna Torres (Roxann Dawson), First Officer Chakotay (Robert Beltran), Captain Kathryn Janeway (Kate Mulgrew), Tactical and Security Officer Tuvok (Tim Russ), Neelix (Ethan Phillips), Kes (Jennifer Lien).

APRIL						1998
M	T	W	T	F	S	S
	1	2	3	4	5
6	7	8	9	10	11	12
13	14	15	16	17	18	19
20	21	22	23	24	25	26
27	28	29	30			

MAY						1998
M	T	W	T	F	S	S
				1	2	3
4	5	6	7	8	9	10
11	12	13	14	15	16	17
18	19	20	21	22	23	24
25	26	27	28	29	30	31

JUNE						1998
M	T	W	T	F	S	S
1	2	3	4	5	6	7
8	9	10	11	12	13	14
15	16	17	18	19	20	21
22	23	24	25	26	27	28
29	30					

◖ MAY ▬

MONDAY **25**

TUESDAY **26**

WEDNESDAY **27**

THURSDAY **28**

FRIDAY **29**

Michael Piller's Birthday (Executive Producer, ST: TNG; Co-Creator and Creative Consultant, ST: DS9, ST: VGR)

Colm Meaney's Birthday (Chief Miles O'Brien)

SATURDAY **30**

SUNDAY **31**

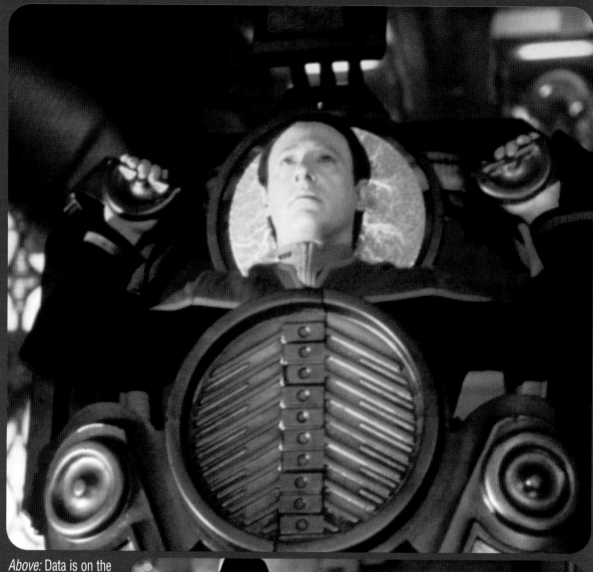

Above: Data is on the rack trying to resist the Borg Queen.

Right: Picard is on the holodeck with Lily Sloane in undercover mode trying to escape the Borg.

MAY					1998		JUNE					1998		JULY					1998	
M	T	W	T	F	S	S	M	T	W	T	F	S	S	M	T	W	T	F	S	S
				1	2	3	1	2	3	4	5	6	7					1	2	3	4	5
4	5	6	7	8	9	10	8	9	10	11	12	13	14	6	7	8	9	10	11	12
11	12	13	14	15	16	17	15	16	17	18	19	20	21	13	14	15	16	17	18	19
18	19	20	21	22	23	24	22	23	24	25	26	27	28	20	21	22	23	24	25	26
25	26	27	28	29	30	31	29	30						27	28	29	30	31		

JUNE

Rene Auberjonois' Birthday (Constable Odo)

MONDAY 1

TUESDAY 2

WEDNESDAY 3

THURSDAY 4

FRIDAY 5

SATURDAY 6

SUNDAY 7

MAY					1998		JUNE					1998		JULY					1998	
M	T	W	T	F	S	S	M	T	W	T	F	S	S	M	T	W	T	F	S	S
				1	2	3	1	2	3	4	5	6	7			1	2	3	4	5
4	5	6	7	8	9	10	8	9	10	11	12	13	14	6	7	8	9	10	11	12
11	12	13	14	15	16	17	15	16	17	18	19	20	21	13	14	15	16	17	18	19
18	19	20	21	22	23	24	22	23	24	25	26	27	28	20	21	22	23	24	25	26
25	26	27	28	29	30	31	29	30						27	28	29	30	31		

◖ JUNE ▬▬▬

Queen's Birthday Holiday (Australia, except WA)   MONDAY **8**

TUESDAY **9**

WEDNESDAY **10**

THURSDAY **11**

FRIDAY **12**

SATURDAY **13**

SUNDAY **14**

Above: In the episode "Journey To Babel", Spock is beseeched by his human mother, Amanda Grayson, to make up with his Vulcan father, Sarek, from whom he has been long estranged. On the journey to the neutral planetoid Babel, there are several ambassadors, including Sarek. Such occasions are very formal, and the senior officers are required to wear their dress uniforms.

Below: Captain Kirk is also in dress uniform (in "Journey To Babel") as the *U.S.S. Enterprise* plays host to a large number of VIPs. During this trip, Kirk gets seriously wounded by an Orion disguised as an Andorian.

MAY					1998		JUNE					1998		JULY					1998	
M	T	W	T	F	S	S	M	T	W	T	F	S	S	M	T	W	T	F	S	S
				1	2	3	1	2	3	4	5	6	7			1	2	3	4	5
4	5	6	7	8	9	10	8	9	10	11	12	13	14	6	7	8	9	10	11	12
11	12	13	14	15	16	17	15	16	17	18	19	20	21	13	14	15	16	17	18	19
18	19	20	21	22	23	24	22	23	24	25	26	27	28	20	21	22	23	24	25	26
25	26	27	28	29	30	31	29	30						27	28	29	30	31		

 **JUNE**

MONDAY **15**

TUESDAY **16**

WEDNESDAY **17**

THURSDAY **18**

FRIDAY **19**

SATURDAY **20**

SUNDAY **21**

Ensign Harry Kim (*below right*) is one of the youngest crew-members aboard the *U.S.S. Voyager*, but he is gaining experience every minute.

He has already shown maturity beyond his years, and seems to work well with Captain Janeway (*below*), and with a Talaxian (*top*). His friendship with Tom Paris continues and is evolving all the time.

MAY						1998
M	T	W	T	F	S	S
				1	2	3
4	5	6	7	8	9	10
11	12	13	14	15	16	17
18	19	20	21	22	23	24
25	26	27	28	29	30	31

JUNE						1998
M	T	W	T	F	S	S
1	2	3	4	5	6	7
8	9	10	11	12	13	14
15	16	17	18	19	20	21
22	23	24	25	26	27	28
29	30					

JULY						1998
M	T	W	T	F	S	S
		1	2	3	4	5
6	7	8	9	10	11	12
13	14	15	16	17	18	19
20	21	22	23	24	25	26
27	28	29	30	31		

 **JUNE**

Tim Russ's Birthday (Tactical and Security Officer Tuvok)

MONDAY **22**

TUESDAY **23**

WEDNESDAY **24**

THURSDAY **25**

FRIDAY **26**

SATURDAY **27**

SUNDAY **28**

CHIEF ENGINEER B'ELANNA TORRES

JUNE					1998			JULY					1998			AUGUST					1998	
M	T	W	T	F	S	S		M	T	W	T	F	S	S		M	T	W	T	F	S	S
1	2	3	4	5	6	7				1	2	3	4	5		31					1	2
8	9	10	11	12	13	14		6	7	8	9	10	11	12		3	4	5	6	7	8	9
15	16	17	18	19	20	21		13	14	15	16	17	18	19		10	11	12	13	14	15	16
22	23	24	25	26	27	28		20	21	22	23	24	25	26		17	18	19	20	21	22	23
29	30							27	28	29	30	31				24	25	26	27	28	29	30

 **JUNE-JULY**

MONDAY 29

Jeri Taylor's Birthday (Executive Producer, ST: TNG, ST: VGR; Co-Creator ST: VGR)

TUESDAY 30

Canada Day (Canada)

WEDNESDAY 1

THURSDAY 2

FRIDAY 3

SATURDAY 4

SUNDAY 5

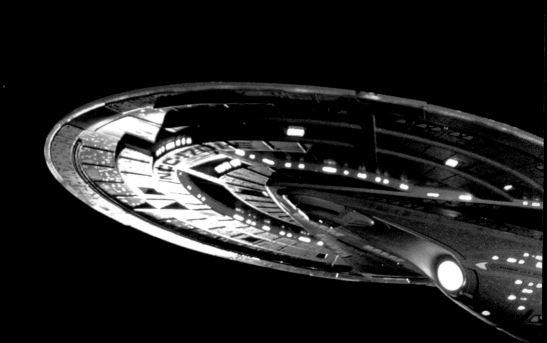

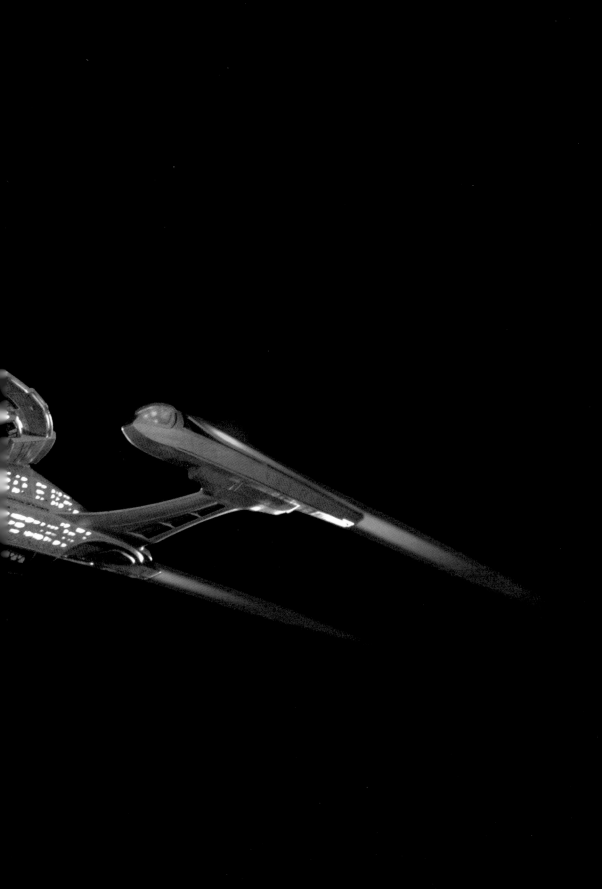

CARDASSIAN CONNECTION

Above: The former governor of Deep Space Nine is Gul Dukat, now leader of the Cardassian Union.

Below: Continuing on as the tailor on Deep Space Nine after the Cardassian occupation ended, Garak also tries to keep abreast of any political situation, maintaining limited contact with his own people. Strangely, he has formed a strong bond with Dr. Julian Bashir.

JUNE						1998
M	T	W	T	F	S	S
1	2	3	4	5	6	7
8	9	10	11	12	13	14
15	16	17	18	19	20	21
22	23	24	25	26	27	28
29	30					

JULY						1998
M	T	W	T	F	S	S
		1	2	3	4	5
6	7	8	9	10	11	12
13	14	15	16	17	18	19
20	21	22	23	24	25	26
27	28	29	30	31		

AUGUST						1998
M	T	W	T	F	S	S
31					1	2
3	4	5	6	7	8	9
10	11	12	13	14	15	16
17	18	19	20	21	22	23
24	25	26	27	28	29	30

◀ JULY ▬

MONDAY **6**

TUESDAY **7**

WEDNESDAY **8**

THURSDAY **9**

FRIDAY **10**

SATURDAY **11**

SUNDAY **12**

JUNE						1998		JULY						1998		AUGUST						1998
M	T	W	T	F	S	S		M	T	W	T	F	S	S		M	T	W	T	F	S	S
1	2	3	4	5	6	7				1	2	3	4	5		31					1	2
8	9	10	11	12	13	14		6	7	8	9	10	11	12		3	4	5	6	7	8	9
15	16	17	18	19	20	21		13	14	15	16	17	18	19		10	11	12	13	14	15	16
22	23	24	25	26	27	28		20	21	22	23	24	25	26		17	18	19	20	21	22	23
29	30							27	28	29	30	31				24	25	26	27	28	29	30

 JULY

Patrick Stewart's Birthday (Captain Jean-Luc Picard)

MONDAY **13**

Bastille Day (France)

TUESDAY **14**

WEDNESDAY **15**

THURSDAY **16**

FRIDAY **17**

SATURDAY **18**

SUNDAY **19**

JUNE						1998
M	T	W	T	F	S	S
1	2	3	4	5	6	7
8	9	10	11	12	13	14
15	16	17	18	19	20	21
22	23	24	25	26	27	28
29	30					

JULY						1998
M	T	W	T	F	S	S
		1	2	3	4	5
6	7	8	9	10	11	12
13	14	15	16	17	18	19
20	21	22	23	24	25	26
27	28	29	30	31		

AUGUST						1998
M	T	W	T	F	S	S
31					1	2
3	4	5	6	7	8	9
10	11	12	13	14	15	16
17	18	19	20	21	22	23
24	25	26	27	28	29	30

 **JULY**

MONDAY **20**

TUESDAY **21**

WEDNESDAY **22**

THURSDAY **23**

FRIDAY **24**

SATURDAY **25**

Nana Visitor's Birthday (Major Kira Nerys)

SUNDAY **26**

Above: In the episode "The Q And The Grey", Q sends the crew into the Q Continuum, where Tom Paris finds himself in the middle of a civil war.

Below: In the episode "Basics Part II", Paris is concerned about the well-being of his captain, and tells her so on the bridge of the *U.S.S. Voyager*.

JULY						1998
M	T	W	T	F	S	S
	1	2	3	4	5
6	7	8	9	10	11	12
13	14	15	16	17	18	19
20	21	22	23	24	25	26
27	28	29	30	31		

AUGUST						1998
M	T	W	T	F	S	S
31					1	2
3	4	5	6	7	8	9
10	11	12	13	14	15	16
17	18	19	20	21	22	23
24	25	26	27	28	29	30

SEPTEMBER						1998
M	T	W	T	F	S	S
1	2	3	4	5	6
7	8	9	10	11	12	13
14	15	16	17	18	19	20
21	22	23	24	25	26	27
28	29	30				

 JULY-AUGUST

MONDAY **27**

TUESDAY **28**

Wil Wheaton's Birthday (Ensign Wesley Crusher)

WEDNESDAY **29**

THURSDAY **30**

FRIDAY **31**

SATURDAY **1**

SUNDAY **2**

Above: In the episode "The *Enterprise* Incident", Captain Kirk disguises himself as a Romulan in order to infiltrate a Romulan ship to acquire the cloaking device.

Below: In "The Changeling", Kirk has to deal with an old Earth probe, with dangerous plans.

JULY						1998
M	T	W	T	F	S	S
		1	2	3	4	5
6	7	8	9	10	11	12
13	14	15	16	17	18	19
20	21	22	23	24	25	26
27	28	29	30	31		

AUGUST						1998
M	T	W	T	F	S	S
31					1	2
3	4	5	6	7	8	9
10	11	12	13	14	15	16
17	18	19	20	21	22	23
24	25	26	27	28	29	30

SEPTEMBER						1998
M	T	W	T	F	S	S
	1	2	3	4	5	6
7	8	9	10	11	12	13
14	15	16	17	18	19	20
21	22	23	24	25	26	27
28	29	30				

◀ AUGUST ▬▬

MONDAY **3**

TUESDAY **4**

WEDNESDAY **5**

THURSDAY **6**

Cirroc Lofton's Birthday (Jake Sisko)

FRIDAY **7**

SATURDAY **8**

SUNDAY **9**

KLINGON AFFAIRS

Above Left: In the episode "Looking For *Par'Mach* In All The Wrong Places", Dax has to contend with Worf's wandering eyes.

Above Right and Below: Sisko and Wor have to disguise themselves as Klingon in the episode "Apocalypse Rising" in order to expose the changeling apparently posing as Gowron. Odo an O'Brien are also disguised as Klingon warriors or this mission.

JULY						1998	AUGUST						1998	SEPTEMBER						1998
M	T	W	T	F	S	S	M	T	W	T	F	S	S	M	T	W	T	F	S	S
		1	2	3	4	5	31					1	2		1	2	3	4	5	6
6	7	8	9	10	11	12	3	4	5	6	7	8	9	7	8	9	10	11	12	13
13	14	15	16	17	18	19	10	11	12	13	14	15	16	14	15	16	17	18	19	20
20	21	22	23	24	25	26	17	18	19	20	21	22	23	21	22	23	24	25	26	27
27	28	29	30	31			24	25	26	27	28	29	30	28	29	30				

AUGUST

MONDAY **10**

TUESDAY **11**

WEDNESDAY **12**

THURSDAY **13**

FRIDAY **14**

SATURDAY **15**

SUNDAY **16**

JULY						1998	AUGUST						1998	SEPTEMBER						1998
M	T	W	T	F	S	S	M	T	W	T	F	S	S	M	T	W	T	F	S	S
		1	2	3	4	5	31					1	2		1	2	3	4	5	6
6	7	8	9	10	11	12	3	4	5	6	7	8	9	7	8	9	10	11	12	13
13	14	15	16	17	18	19	10	11	12	13	14	15	16	14	15	16	17	18	19	20
20	21	22	23	24	25	26	17	18	19	20	21	22	23	21	22	23	24	25	26	27
27	28	29	30	31			24	25	26	27	28	29	30	28	29	30				

 **AUGUST**

MONDAY 17

TUESDAY 18

Gene Roddenberry's Birthday (STAR TREK creator)
Jonathan Frakes's Birthday (Commander William T. Riker, Director, STAR TREK: FIRST CONTACT)

WEDNESDAY 19

THURSDAY 20

FRIDAY 21

SATURDAY 22

SUNDAY 23

Majel Barrett has been a part of STAR TREK from the beginning. In the original pilot "The Cage", she played the first officer, "Number One". In the series proper, she returned as Nurse Chapel, and in STAR TREK: THE NEXT GENERATION and STAR TREK: DEEP SPACE NINE she portrays Lwaxana Troi (Deanna Troi's mother).

Furthermore, she is the voice of all Starfleet computers. Without Majel, STAR TREK would not be the same.

JULY					1998			AUGUST					1998			SEPTEMBER					1998	
M	T	W	T	F	S	S		M	T	W	T	F	S	S		M	T	W	T	F	S	S
		1	2	3	4	5		31					1	2			1	2	3	4	5	6
6	7	8	9	10	11	12		3	4	5	6	7	8	9		7	8	9	10	11	12	13
13	14	15	16	17	18	19		10	11	12	13	14	15	16		14	15	16	17	18	19	20
20	21	22	23	24	25	26		17	18	19	20	21	22	23		21	22	23	24	25	26	27
27	28	29	30	31				24	25	26	27	28	29	30		28	29	30				

AUGUST

Jennifer Lien's Birthday (Kes)

MONDAY 24

TUESDAY 25

WEDNESDAY 26

THURSDAY 27

Gates McFadden's Birthday (Dr Beverly Crusher)

FRIDAY 28

SATURDAY 29

SUNDAY 30

SPACE TRAVEL IS RISKY BUSINESS

Above: Captain Kirk must convince the Iotians in "A Piece Of The Action" that they must stop their in-fighting and rally behind one "big boss". Defying the Prime Directive of non-interference, Kirk, Spock and McCoy manage to somehow leave Iotia in a new peaceful environment.

Below Left: In "Mirror, Mirror", Uhura is ready to defend herself with a dangerous weapon.

Below Right: In the same episode, Spock's counterpart is ordered by the Empire to kill Kirk.

AUGUST					1998	
M	T	W	T	F	S	S
31					1	2
3	4	5	6	7	8	9
10	11	12	13	14	15	16
17	18	19	20	21	22	23
24	25	26	27	28	29	30

SEPTEMBER					1998	
M	T	W	T	F	S	S
	1	2	3	4	5	6
7	8	9	10	11	12	13
14	15	16	17	18	19	20
21	22	23	24	25	26	27
28	29	30				

OCTOBER					1998	
M	T	W	T	F	S	S
			1	2	3	4
5	6	7	8	9	10	11
12	13	14	15	16	17	18
19	20	21	22	23	24	25
26	27	28	29	30	31	

AUGUST-SEPTEMBER

MONDAY **31**

TUESDAY **1**

WEDNESDAY **2**

THURSDAY **3**

FRIDAY **4**

SATURDAY **5**

SUNDAY **6**

AUGUST						1998
M	T	W	T	F	S	S
31					1	2
3	4	5	6	7	8	9
10	11	12	13	14	15	16
17	18	19	20	21	22	23
24	25	26	27	28	29	30

SEPTEMBER						1998
M	T	W	T	F	S	S
	1	2	3	4	5	6
7	8	9	10	11	12	13
14	15	16	17	18	19	20
21	22	23	24	25	26	27
28	29	30				

OCTOBER						1998
M	T	W	T	F	S	S
			1	2	3	4
5	6	7	8	9	10	11
12	13	14	15	16	17	18
19	20	21	22	23	24	25
26	27	28	29	30	31	

SEPTEMBER

MONDAY **7**

TUESDAY **8**

WEDNESDAY **9**

THURSDAY **10**

Roxann Dawson's Birthday (Chief Engineer B'Elanna Torres)

FRIDAY **11**

SATURDAY **12**

SUNDAY **13**

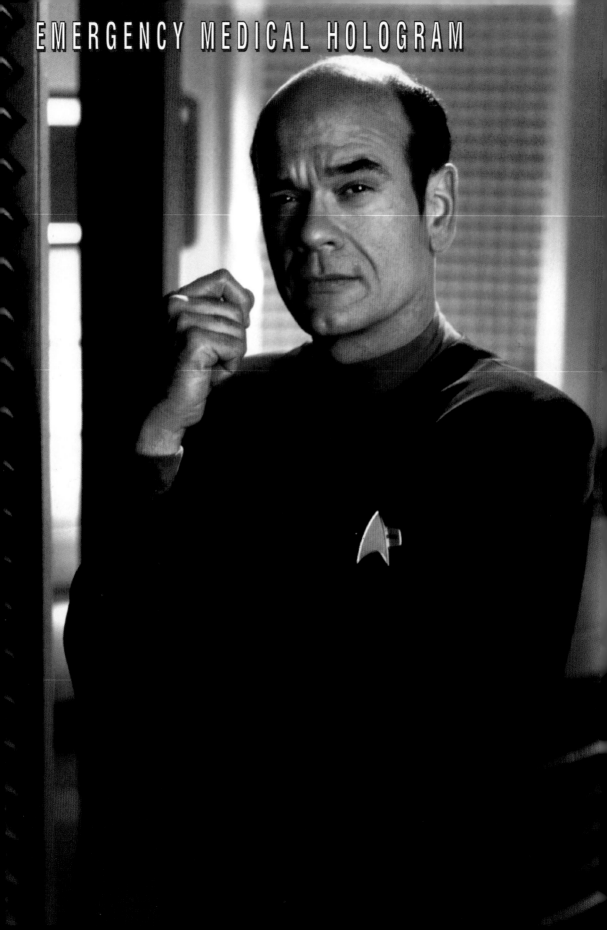
EMERGENCY MEDICAL HOLOGRAM

AUGUST						1998	SEPTEMBER						1998	OCTOBER						1998
M	T	W	T	F	S	S	M	T	W	T	F	S	S	M	T	W	T	F	S	S
31					1	2		1	2	3	4	5	6				1	2	3	4
3	4	5	6	7	8	9	7	8	9	10	11	12	13	5	6	7	8	9	10	11
10	11	12	13	14	15	16	14	15	16	17	18	19	20	12	13	14	15	16	17	18
17	18	19	20	21	22	23	21	22	23	24	25	26	27	19	20	21	22	23	24	25
24	25	26	27	28	29	30	28	29	30					26	27	28	29	30	31	

◀ SEPTEMBER �

Walter Koenig's Birthday (Commander Pavel Chekov)

MONDAY **14**

TUESDAY **15**

WEDNESDAY **16**

THURSDAY **17**

FRIDAY **18**

SATURDAY **19**

SUNDAY **20**

On the long voyage home, the crew of the *U.S.S. Voyager* must not only work closely with one another, they have to deal with many unusual situations.

Ensign Harry Kim (*above*), Neelix (*left*) and First Officer Chakotay (*below*) are constantly exposed to hazardous situations in the hope that a way back to the Alpha Quadrant can be found.

AUGUST					1998		SEPTEMBER					1998		OCTOBER					1998	
M	T	W	T	F	S	S	M	T	W	T	F	S	S	M	T	W	T	F	S	S
31					1	2		1	2	3	4	5	6				1	2	3	4
3	4	5	6	7	8	9	7	8	9	10	11	12	13	5	6	7	8	9	10	11
10	11	12	13	14	15	16	14	15	16	17	18	19	20	12	13	14	15	16	17	18
17	18	19	20	21	22	23	21	22	23	24	25	26	27	19	20	21	22	23	24	25
24	25	26	27	28	29	30	28	29	30					26	27	28	29	30	31	

 SEPTEMBER

MONDAY 21

TUESDAY 22

Rosalind Chao's Birthday (Keiko O'Brien)

WEDNESDAY 23

THURSDAY 24

FRIDAY 25

SATURDAY 26

SUNDAY 27

Top: In the episode "Trials And Tribble-ations", Jadzia Dax is seen wearing the "beehive" hairdo and red Starfleet skirt.

Above Left: Captain Sisko in his dress uniform.

Above Right: Jake Sisko, the aspiring novelist, relaxing in his quarters.

SEPTEMBER						1998
M	T	W	T	F	S	S
	1	2	3	4	5	6
7	8	9	10	11	12	13
14	15	16	17	18	19	20
21	22	23	24	25	26	27
28	29	30				

OCTOBER						1998
M	T	W	T	F	S	S
			1	2	3	4
5	6	7	8	9	10	11
12	13	14	15	16	17	18
19	20	21	22	23	24	25
26	27	28	29	30	31	

NOVEMBER						1998
M	T	W	T	F	S	S
30						1
2	3	4	5	6	7	8
9	10	11	12	13	14	15
16	17	18	19	20	21	22
23	24	25	26	27	28	29

◀ SEPTEMBER-OCTOBER ▮

MONDAY **28**

TUESDAY **29**

WEDNESDAY **30**

THURSDAY **1**

FRIDAY **2**

SATURDAY **3**

SUNDAY **4**

In the episode "Looking For Par'Mach In All The Wrong Places", Worf, though realising his feelings for Dax, is distracted by an attractive Klingon woman in Quark's Bar.

To his amazement, the Klingon woman knows Quark intimately. She is Grilka, his former wife of convenience.

Worf is instantly smitten, but because the house of Mogh is dishonoured again, he must learn how to curl his feelings and deal with the situation he now finds himself in.

SEPTEMBER						1998		OCTOBER						1998		NOVEMBER						1998
M	T	W	T	F	S	S		M	T	W	T	F	S	S		M	T	W	T	F	S	S
	1	2	3	4	5	6					1	2	3	4		30						1
7	8	9	10	11	12	13		5	6	7	8	9	10	11		2	3	4	5	6	7	8
14	15	16	17	18	19	20		12	13	14	15	16	17	18		9	10	11	12	13	14	15
21	22	23	24	25	26	27		19	20	21	22	23	24	25		16	17	18	19	20	21	22
28	29	30						26	27	28	29	30	31			23	24	25	26	27	28	29

◖ OCTOBER ▮

Labour Day (Australia)

MONDAY **5**

TUESDAY **6**

WEDNESDAY **7**

THURSDAY **8**

FRIDAY **9**

SATURDAY **10**

SUNDAY **11**

Above: In the episode "The Ultimate Computer", Kirk has to take a back seat while Dr Daystrom's computer runs the *U.S.S. Enterprise*. Captain Kirk returns to the centre seat when the computer malfunctions, killing a crew-member.

Below: In the episode "Wolf In The Fold", Spock effects repairs to a panel of the *U.S.S. Enterprise*, with Kirk looking on. Kirk and Spock work hard to prove Scotty is innocent of the murder of several people.

SEPTEMBER					1998		OCTOBER					1998		NOVEMBER					1998	
M	T	W	T	F	S	S	M	T	W	T	F	S	S	M	T	W	T	F	S	S
	1	2	3	4	5	6				1	2	3	4	30						1
7	8	9	10	11	12	13	5	6	7	8	9	10	11	2	3	4	5	6	7	8
14	15	16	17	18	19	20	12	13	14	15	16	17	18	9	10	11	12	13	14	15
21	22	23	24	25	26	27	19	20	21	22	23	24	25	16	17	18	19	20	21	22
28	29	30					26	27	28	29	30	31		23	24	25	26	27	28	29

OCTOBER

MONDAY **12**

Thanksgiving (Canada)

TUESDAY **13**

WEDNESDAY **14**

Mark Lenard's Birthday (Ambassador Sarek)

THURSDAY **15**

FRIDAY **16**

SATURDAY **17**

SUNDAY **18**

QUARK

SEPTEMBER						1998
M	T	W	T	F	S	S
	1	2	3	4	5	6
7	8	9	10	11	12	13
14	15	16	17	18	19	20
21	22	23	24	25	26	27
28	29	30				

OCTOBER						1998
M	T	W	T	F	S	S
			1	2	3	4
5	6	7	8	9	10	11
12	13	14	15	16	17	18
19	20	21	22	23	24	25
26	27	28	29	30	31	

NOVEMBER						1998
M	T	W	T	F	S	S
30						1
2	3	4	5	6	7	8
9	10	11	12	13	14	15
16	17	18	19	20	21	22
23	24	25	26	27	28	29

◖ OCTOBER ▬▬

MONDAY **19**

TUESDAY **20**

WEDNESDAY **21**

THURSDAY **22**

FRIDAY **23**

SATURDAY **24**

SUNDAY **25**

OCTOBER						1998	NOVEMBER						1998	DECEMBER						1998
M	T	W	T	F	S	S	M	T	W	T	F	S	S	M	T	W	T	F	S	S
			1	2	3	4	30						1		1	2	3	4	5	6
5	6	7	8	9	10	11	2	3	4	5	6	7	8	7	8	9	10	11	12	13
12	13	14	15	16	17	18	9	10	11	12	13	14	15	14	15	16	17	18	19	20
19	20	21	22	23	24	25	16	17	18	19	20	21	22	21	22	23	24	25	26	27
26	27	28	29	30	31		23	24	25	26	27	28	29	28	29	30	31			

◖ OCTOBER-NOVEMBER ◗

MONDAY 26

Robert Picardo's Birthday (Emergency Medical Hologram)

TUESDAY 27

WEDNESDAY 28

THURSDAY 29

FRIDAY 30

Halloween

SATURDAY 31

SUNDAY 1

ALIENS

OCTOBER						1998		NOVEMBER						1998		DECEMBER						1998
M	T	W	T	F	S	S		M	T	W	T	F	S	S		M	T	W	T	F	S	S
			1	2	3	4		30						1			1	2	3	4	5	6
5	6	7	8	9	10	11		2	3	4	5	6	7	8		7	8	9	10	11	12	13
12	13	14	15	16	17	18		9	10	11	12	13	14	15		14	15	16	17	18	19	20
19	20	21	22	23	24	25		16	17	18	19	20	21	22		21	22	23	24	25	26	27
26	27	28	29	30	31			23	24	25	26	27	28	29		28	29	30	31			

MONDAY **2**

TUESDAY **3**

WEDNESDAY **4**

Armin Shimerman's Birthday (Quark)

THURSDAY **5**

FRIDAY **6**

SATURDAY **7**

SUNDAY **8**

Above: In the episode "Flashback", Captain Janeway ends up on Captain Sulu's bridge on the *U.S.S. Excelsior*. Janeway is actually in a mind-meld with Tuvok, who is undergoing a neural system degradation and has enlisted Janeway's assistance in resolving the situation.

Below: In the episode "The Chute", while on an Akritirian prison satellite, Paris and Kim are mistakenly taken to be members of the Open Sky terrorist group and are held captive. Janeway must then use bold measures to secure their release.

OCTOBER					1998		NOVEMBER					1998		DECEMBER					1998	
M	T	W	T	F	S	S	M	T	W	T	F	S	S	M	T	W	T	F	S	S
			1	2	3	4	30						1		1	2	3	4	5	6
5	6	7	8	9	10	11	2	3	4	5	6	7	8	7	8	9	10	11	12	13
12	13	14	15	16	17	18	9	10	11	12	13	14	15	14	15	16	17	18	19	20
19	20	21	22	23	24	25	16	17	18	19	20	21	22	21	22	23	24	25	26	27
26	27	28	29	30	31		23	24	25	26	27	28	29	28	29	30	31			

◖ NOVEMBER ▬

Robert Duncan McNeill's Birthday (Lieutenant Tom Paris)

MONDAY **9**

TUESDAY **10**

Remembrance Day (Australia)

WEDNESDAY **11**

THURSDAY **12**

Whoopi Goldberg's Birthday (Guinan)

FRIDAY **13**

SATURDAY **14**

National Day of Mourning (Germany)

SUNDAY **15**

A Ferengi gets the full treatment in the Delta Quadrant. Ferengi derive great pleasure from having their ear lobes gently stroked.

OCTOBER					1998			NOVEMBER					1998			DECEMBER					1998	
M	T	W	T	F	S	S		M	T	W	T	F	S	S		M	T	W	T	F	S	S
			1	2	3	4		30						1			1	2	3	4	5	6
5	6	7	8	9	10	11		2	3	4	5	6	7	8		7	8	9	10	11	12	13
12	13	14	15	16	17	18		9	10	11	12	13	14	15		14	15	16	17	18	19	20
19	20	21	22	23	24	25		16	17	18	19	20	21	22		21	22	23	24	25	26	27
26	27	28	29	30	31			23	24	25	26	27	28	29		28	29	30	31			

◖ NOVEMBER ▰▰

MONDAY 16

TUESDAY 17

WEDNESDAY 18

Terry Farrell's Birthday (Lieutenant Commander Jadzia Dax)
Robert Beltran's Birthday (Commander Chakotay)

THURSDAY 19

FRIDAY 20

SATURDAY 21

Alexander Siddig's Birthday (Dr Julian Bashir)

SUNDAY 22

OCTOBER						1998		NOVEMBER						1998		DECEMBER						1998
M	T	W	T	F	S	S		M	T	W	T	F	S	S		M	T	W	T	F	S	S
			1	2	3	4		30						1			1	2	3	4	5	6
5	6	7	8	9	10	11		2	3	4	5	6	7	8		7	8	9	10	11	12	13
12	13	14	15	16	17	18		9	10	11	12	13	14	15		14	15	16	17	18	19	20
19	20	21	22	23	24	25		16	17	18	19	20	21	22		21	22	23	24	25	26	27
26	27	28	29	30	31			23	24	25	26	27	28	29		28	29	30	31			

 **NOVEMBER**

MONDAY 23

Denise Crosby's Birthday (Lt Tasha Yar, Sela)

TUESDAY 24

WEDNESDAY 25

THURSDAY 26

FRIDAY 27

SATURDAY 28

SUNDAY 29

NOVEMBER						1998
M	T	W	T	F	S	S
30						1
2	3	4	5	6	7	8
9	10	11	12	13	14	15
16	17	18	19	20	21	22
23	24	25	26	27	28	29

DECEMBER						1998
M	T	W	T	F	S	S
	1	2	3	4	5	6
7	8	9	10	11	12	13
14	15	16	17	18	19	20
21	22	23	24	25	26	27
28	29	30	31			

JANUARY						1999
M	T	W	T	F	S	S
				1	2	3
4	5	6	7	8	9	10
11	12	13	14	15	16	17
18	19	20	21	22	23	24
25	26	27	28	29	30	31

◖ NOVEMBER-DECEMBER ◼

MONDAY 30

TUESDAY 1

WEDNESDAY 2

Brian Bonsall's Birthday (Alexander Roshenko)

THURSDAY 3

FRIDAY 4

SATURDAY 5

SUNDAY 6

Above: A starship runs on the strength of one person - the captain. A strong, decisive and compassionate person is required for the position, one who is not afraid of making the hard decisions. Captain Kirk not only fits the mould, he created it.

Below: A good captain also commands respect and loyalty from all the crew, in particular the senior officers. In First Officer Spock and Dr McCoy, Captain Kirk has his two greatest allies in commanding the *U.S.S. Enterprise.*

NOVEMBER						1998
M	T	W	T	F	S	S
30						1
2	3	4	5	6	7	8
9	10	11	12	13	14	15
16	17	18	19	20	21	22
23	24	25	26	27	28	29

DECEMBER						1998
M	T	W	T	F	S	S
	1	2	3	4	5	6
7	8	9	10	11	12	13
14	15	16	17	18	19	20
21	22	23	24	25	26	27
28	29	30	31			

JANUARY						1999
M	T	W	T	F	S	S
				1	2	3
4	5	6	7	8	9	10
11	12	13	14	15	16	17
18	19	20	21	22	23	24
25	26	27	28	29	30	31

◖ DECEMBER ▬

MONDAY **7**

TUESDAY **8**

Michael Dorn's Birthday (Lieutenant Commander Worf)

WEDNESDAY **9**

THURSDAY **10**

FRIDAY **11**

SATURDAY **12**

SUNDAY **13**

Above: On the pleasure planet of Risa, Jadzia Dax (Terry Farrell) relaxes in a bathing suit, enjoying the warm conditions.

Right: The chief facilitator of Risa is the beautiful Arandis, played by Vanessa Williams, similarly attired and equally as relaxed.

NOVEMBER						1998	DECEMBER						1998	JANUARY						1999
M	T	W	T	F	S	S	M	T	W	T	F	S	S	M	T	W	T	F	S	S
30						1		1	2	3	4	5	6					1	2	3
2	3	4	5	6	7	8	7	8	9	10	11	12	13	4	5	6	7	8	9	10
9	10	11	12	13	14	15	14	15	16	17	18	19	20	11	12	13	14	15	16	17
16	17	18	19	20	21	22	21	22	23	24	25	26	27	18	19	20	21	22	23	24
23	24	25	26	27	28	29	28	29	30	31				25	26	27	28	29	30	31

DECEMBER

MONDAY 14

Garrett Wang's Birthday (Ensign Harry Kim)

TUESDAY 15

WEDNESDAY 16

THURSDAY 17

FRIDAY 18

SATURDAY 19

SUNDAY 20

In the episode "The Q And The Grey", Suzie Plakson makes yet another return to the STAR TREK family. She portrays a jealous female Q who has come to take Q (John de Lancie) back to the Continuum.
In need of companionship, Q is trying to convince Captain Janeway to have a child with him.

NOVEMBER						1998		DECEMBER						1998		JANUARY						1999
M	T	W	T	F	S	S		M	T	W	T	F	S	S		M	T	W	T	F	S	S
30						1			1	2	3	4	5	6						1	2	3
2	3	4	5	6	7	8		7	8	9	10	11	12	13		4	5	6	7	8	9	10
9	10	11	12	13	14	15		14	15	16	17	18	19	20		11	12	13	14	15	16	17
16	17	18	19	20	21	22		21	22	23	24	25	26	27		18	19	20	21	22	23	24
23	24	25	26	27	28	29		28	29	30	31					25	26	27	28	29	30	31

◖ DECEMBER ◗

MONDAY 21

TUESDAY 22

WEDNESDAY 23

Christmas Eve

THURSDAY 24

Rick Berman's Birthday (Executive Producer, ST: TNG, ST: DS9, ST: VGR; Co-Creator ST: DS9, ST: VGR; Producer STAR TREK GENERATIONS, STAR TREK: FIRST CONTACT)

Christmas Day

FRIDAY 25

Boxing Day (St Stephen's Day)

SATURDAY 26

SUNDAY 27

NOVEMBER						1998	DECEMBER						1998	JANUARY						1999
M	T	W	T	F	S	S	M	T	W	T	F	S	S	M	T	W	T	F	S	S
30						1		1	2	3	4	5	6						1	2	3
2	3	4	5	6	7	8	7	8	9	10	11	12	13	4	5	6	7	8	9	10
9	10	11	12	13	14	15	14	15	16	17	18	19	20	11	12	13	14	15	16	17
16	17	18	19	20	21	22	21	22	23	24	25	26	27	18	19	20	21	22	23	24
23	24	25	26	27	28	29	28	29	30	31				25	26	27	28	29	30	31

DECEMBER-JANUARY

Nichelle Nichols's Birthday (Lieutenant Uhura)

MONDAY 28

TUESDAY 29

WEDNESDAY 30

New Year's Eve

THURSDAY 31

New Year's Day

FRIDAY 1

SATURDAY 2

SUNDAY 3

OFFICIAL LOG ▶

NAME _____
ADDRESS _____
_____
_____
PH. NO. _____

OFFICIAL LOG ▶

NAME _____
ADDRESS _____
_____
_____
PH. NO. _____

OFFICIAL LOG ▶

NAME _____
ADDRESS _____
_____
_____
PH. NO. _____

OFFICIAL LOG ▶

NAME _____
ADDRESS _____
_____
_____
PH. NO. _____

OFFICIAL LOG ▶

NAME _____
ADDRESS _____
_____
_____
PH. NO. _____

OFFICIAL LOG ▶

NAME _____
ADDRESS _____
_____
_____
PH. NO. _____

OFFICIAL LOG ▶

NAME _____
ADDRESS _____
_____
_____
PH. NO. _____

OFFICIAL LOG ▶

NAME _____
ADDRESS _____
_____
_____
PH. NO. _____

OFFICIAL LOG ▶

NAME _____
ADDRESS _____
_____
_____
PH. NO. _____

OFFICIAL LOG ▶

NAME _____
ADDRESS _____
_____
_____
PH. NO. _____

OFFICIAL LOG ▶

NAME _____
ADDRESS _____
_____
_____
PH. NO. _____

OFFICIAL LOG ▶

NAME _____
ADDRESS _____
_____
_____
PH. NO. _____

OFFICIAL LOG ▶

NAME _____
ADDRESS _____
_____
_____
PH. NO. _____

OFFICIAL LOG ▶

NAME _____
ADDRESS _____
_____
_____
PH. NO. _____

OFFICIAL LOG ▶

NAME _____
ADDRESS _____
_____
_____
PH. NO. _____

OFFICIAL LOG ▶

NAME _____
ADDRESS _____
_____
_____
PH. NO. _____

OFFICIAL LOG ▶

NAME _____
ADDRESS _____
_____
_____
PH. NO. _____

OFFICIAL LOG ▶

NAME _____
ADDRESS _____
_____
_____
PH. NO. _____

OFFICIAL LOG ▶

NAME _____
ADDRESS _____
_____
_____
PH. NO. _____

OFFICIAL LOG ▶

NAME _____
ADDRESS _____
_____
_____
PH. NO. _____

OFFICIAL LOG ▶

NAME _____
ADDRESS _____
_____
_____
PH. NO. _____

OFFICIAL LOG ▶

NAME _____
ADDRESS _____
_____
_____
PH. NO. _____

OFFICIAL LOG ▶

NAME _____
ADDRESS _____
_____
_____
PH. NO. _____

OFFICIAL LOG ▶

NAME _____
ADDRESS _____
_____
_____
PH. NO. _____

OFFICIAL LOG ▶

NAME _____
ADDRESS _____
_____
_____
PH. NO. _____

OFFICIAL LOG ▶

NAME _____
ADDRESS _____
_____
_____
PH. NO. _____

OFFICIAL LOG ▶

NAME _____
ADDRESS _____
_____
_____
PH. NO. _____

OFFICIAL LOG ▶

NAME _____
ADDRESS _____
_____
_____
PH. NO. _____

OFFICIAL LOG ▶

NAME _____
ADDRESS _____
_____
_____
PH. NO. _____

OFFICIAL LOG ▶

NAME _____
ADDRESS _____
_____
_____
PH. NO. _____

OFFICIAL LOG ▶

NAME _____
ADDRESS _____
_____
_____
PH. NO. _____

OFFICIAL LOG ▶

NAME _____
ADDRESS _____
_____
_____
PH. NO. _____

OFFICIAL LOG ▶

NAME _____
ADDRESS _____
_____
_____
PH. NO. _____

OFFICIAL LOG ▶

NAME _____
ADDRESS _____
_____
_____
PH. NO. _____

OFFICIAL LOG ▶

NAME _____
ADDRESS _____
_____
_____
PH. NO. _____

OFFICIAL LOG ▶

NAME _____
ADDRESS _____
_____
_____
PH. NO. _____

OFFICIAL LOG ▶

NAME
ADDRESS

PH. NO.

OFFICIAL LOG ▶

NAME
ADDRESS

PH. NO.

OFFICIAL LOG ▶

NAME
ADDRESS

PH. NO.

OFFICIAL LOG ▶

NAME
ADDRESS

PH. NO.

OFFICIAL LOG ▶

NAME
ADDRESS

PH. NO.

OFFICIAL LOG ▶

NAME
ADDRESS

PH. NO.

OFFICIAL LOG ▶

NAME
ADDRESS

PH. NO.

OFFICIAL LOG ▶

NAME
ADDRESS

PH. NO.

OFFICIAL LOG ▶

NAME
ADDRESS

PH. NO.

OFFICIAL LOG ▶

NAME
ADDRESS

PH. NO.

OFFICIAL LOG ▶

NAME
ADDRESS

PH. NO.

OFFICIAL LOG ▶

NAME
ADDRESS

PH. NO.